Queria ter cabelos lisos... Queria ter cabelos loiros... Não queria ter cabelos brancos!

Acho que não sou muito bonita... hunf!

As pessoas comparam-se umas às outras o tempo todo. Tudo bem, isso é normal.
O que não é legal é determinar o valor de alguém somente pelas aparências.

Ninguém é pior ou melhor do que os outros.
Sempre haverá um momento em que você será o "diferente". E daí?

Sua aparência foi projetada por Deus e tudo o que Ele faz é muito bom, certo? (Gênesis 1:31). Nossas diferenças são a prova viva da criatividade do SENHOR e Ele acertou em cheio quando criou você!

Você é alvo do amor de Deus, portanto não fique triste se você enfrentar zombarias ou comparações infelizes. Guarde sempre esta verdade no coração!